Zwei Welten

ein utopischer Roman von

Karl-Heinz Haselmeyer

Georg wollte durchaus studieren. Seine zwei Jahre jüngere Schwester Gabi konnte es nicht begreifen, dass ihr geliebter Bruder sich sterilisieren lassen und mit einer Sterilisationsprämie in die Stadt ziehen wollte, um dort zur Universität zu gehen. Die Stadt war eine gänzlich andere Welt, sie war für unsterilisierte Menschen unerreichbar. Der Name Stadt hatte sich eingebürgert, aber es war ein großer abgetrennter Landesteil und es gab mehrere Städte dort. Wenn Georg diesen Vorsatz wahr machte, würden die Geschwister endgültig getrennt werden. Mit tränenerstickter Stimme flehte Gabi ihre Eltern an, Georg zur Besinnung zu bringen. Sie saßen zusammen beim Abendessen um den Küchentisch. Kati, die jüngste Schwester, saß mit bleichem versteinertem Gesicht neben ihrer Schwester und starrte auf ihren leeren

Abendbrotteller. Wie sehr hatten sie die Schulferien genossen. In dieser Zeit waren sie eine richtige Familie, sie kümmerten sich gemeinsam um die kleine Landwirtschaft, die ihre Eltern in der Schulzeit allein versorgen mussten. In den Freien waren die Kinder unzertrennbar und es schien immer wie ein großes Unglück, wenn die Ferien zu Ende waren und sie wieder getrennt in ihre Internate gehen mussten. Jungen und Mädchen wurden in verschiedenen Schulen unterrichtet, und da es auf dem Lande keine Verkehrsanbindung gab, wurden die Heranwachsenden ab dem sechsten Lebensjahr in Internaten erzogen. Georg hatte seine Schulausbildung beendet und für ihn stand nach der Orientierungsveranstaltung die Entscheidung an, ob er auf dem Lande bleiben und eine Familie gründen wollte oder ob er nach obligatorischer Sterilisation sein Leben in der Stadt fortsetzen und in der Welt der Technik ein Studium aufnehmen wollte.

Die Eltern der drei Kinder waren nicht das, was man sich unter Landleuten vorstellen mochte. Ella, die Mutter, war eine ausgesprochene schöne Frau, schlank und lebenslustig. Sie hatte sich aus Menschenliebe entschlossen Kindern das Leben zu geben und auf das Wohlleben in der Stadt zu verzichten, obwohl das harte und entbehrungsreiche Leben auf dem Land ihrem Wesen nicht entgegenkam. Kurt, ihr Ehemann, war ein introvertierter Gelehrtentyp, der auch nicht in diese entbehrungsreiche Lebensweise zu passen schien. Die Eltern hatten sich vor ihrer endgültigen Lebensentscheidung auf einem Wochenmarkt getroffen und in einander verliebt. Da Ella sich entschlossen hatte, Kinder zu bekommen und sich nicht sterilisieren zu lassen, hatte Kurt auf ein Studium verzichtet und beschlossen mit ihr eine Familie zu gründen. Nachdem ihr Entschluss feststand, begann Ella eine Ausbildung bei der Heilerin als Hebamme. Kurt ging bei dem Kürschner in die Lehre. Als sie heirateten, baute Kurt ein kleines Haus für Ellas Eltern und sie übernahmen deren kleinen Bauernhof am Ortsrand. Ellas Eltern lebten nun in dem neuen Haus mit einem kleinen Garten, der sich direkt an das Gehöft anschloss. Sie waren noch recht rüstig und halfen in der Erntezeit, wenn Hilfe gebraucht wurde. Sie lebten gemeinsam von dem, was sie selbst produzierten, nur auf Kochsalz waren sie angewiesen, das sie bei einem fahrenden Händler eintauschen mussten. Alles, was sonst noch gebraucht wurde, konnten sie im Ort eintauschen, denn die im Ort Ansässigen übten neben der Landwirtschaft einen Beruf aus. Es gab sogar einen Schmied, der aus Resten alten Eisens, die noch aus alter Zeit stammten, benötigte Eisenteile fertigte. Die Schafe lieferten Wolle und Leder für die Kleidung, es gab zwei Weber, einen Tischler und einen Schuster. Auch ein reges Gemeinschaftsleben hatte sich entwickelt für den Austausch von Neuigkeiten, denn es gab keine sonstige Kommunikation. Es existierte ein Chor und man pflegte die Musik mit selbstgemachten Instrumenten. Es war ein entbehrungsreiches, aber zufriedenes Leben in diesem kleinen Dorf weit abseits von dem Getriebe der Zivilisation. Lediglich den Heranwachsenden war dieses Leben zu eintönig und viele drängten hinaus in das aufregende Leben mit den unbegrenzten Möglichkeiten. Nun stand ihr ältester Sohn vor der Entscheidung. Kurt fühlte mit seinem Sohn, er selbst hatte seinen Wissensdurst mit uralten Büchern gestillt und immer etwas Sehnsucht nach einer echten wissenschaftlichen Tätigkeit unterdrücken müssen. Die Eltern wussten, dass die schwierige notwendige Loslösung vor ihnen stand und hatten in letzter Zeit bereits oft darüber gesprochen. Sie wussten, die Entscheidung für ein Leben in der technischen Welt war eine endgültige Entscheidung, denn von dort aus gab es keine Kontaktmöglichkeit, es waren zwei völlig getrennte Welten. Kurt legte seine Hand auf den Arm seines Ältesten und sah ihn verständnisvoll an, dann stand er auf und umarmte seine weinende Tochter. „Gabi, Liebste, in zwei Jahren wirst du auch vor der Entscheidung stehen", sagte er zärtlich. Ella war ebenfalls aufgestanden und umarmte ihre jüngste Tochter, die bleich und starr auf ihrem Stuhl saß, doch Kati sprang auf, stieß ihre Mutter von sich und rannte aus dem Raum. „Lass sie", meinte Kurt, „du weißt, sie ist unzugänglich, wenn sie Kummer hat." Ella stand traurig und wie verloren in der Mitte des Zimmers, dann drehte sie sich zu Georg und sagte leise: „Ich werde die Schafe in den Stall holen, hilfst du mir bitte." Sie lebten in einem einstöckigen Bauernhaus mit einem angebautem Stall für ihre Tiere, es waren zwanzig Schafe, zwei Kühe, ein Kalb und zwei Schweine. Sie hatten auch zwei Arbeitspferde, doch die waren in der abseits stehender Scheune untergebracht. Sie gingen zu der Schafweide hinunter. Ella hatte ihren Arm um Georgs Schulter gelegt, das war gar nicht mehr so einfach, denn er war schon einen Kopf größer als seine Mutter. „Wir werden dir nicht im Wege stehen", sagte sie leise, „wir werden immer an dich denken und später wirst du uns auch besuchen können. Der nächste Durchlass ist doch nur vierzig Kilometer entfernt, wenn wir auch dort nicht unsterilisiert hineinkommen, so werden die dort Lebenden das Gebiet doch verlassen dürfen. Wir könnten dich dann mit dem Pferdewagen abholen. Es wird eine sehr große Umstellung für dich sein, alles ist neu für dich, sogar die Kleidung und alle Gewohnheiten. Wir hoffen, dass du dort glücklich werden kannst, aber selbst, wenn du sterilisiert bist, kannst du immer noch wieder zurückkehren in unser ländliches Leben."

Als sie die Weide erreichten, kamen ihnen die beiden Hütehunde freudig entgegen gesprungen. Es waren mächtige Tiere, gezüchtet, um die Herde vor Wölfen und Bären zu beschützen. Sie hatten nur einen Nachteil, sie verschlangen einen Teil der bäuerlichen Fleischproduktion. Georg streichelte und kraulte die Tiere ausgiebig, dann gab er ihnen den Befehl, die Schafe zusammenzutreiben. Ein Fuhrwerk rappelte an ihnen vorüber und ein Nachbar begrüßte sie freundlich im Vorbeifahren. Über dem Waldrand im Westen färbte sich der Himmel durch die untergehende Sonne in leuchtenden Farben. Gedankenverloren ging Ella mit ihrem Sohn der Herde hinter ihrem Haus entgegen. Als dann die Herde im Stall war und die Hunde gefüttert waren, kehrten die beiden in das sich schon verdunkelnde Wohnzimmer zurück. Kurt saß mit den jungen Damen nahe dem Fenster und las ihnen im nachlassenden Licht noch eine Gutenachtgeschichte vor. Es war der Brauch, man ging mit der Sonne schlafen, um beim ersten morgendlichen Licht den Tag zu beginnen. Kerzen und das Öl für Öllampen waren knapp und kostbar.

Das Ehepaar fand an diesem Abend in seiner Schlafkammer lange keinen Schlaf, sie unterhielten sich bis spät in die Nacht. Am Morgen war Kurt nach dem Frühstück mit den beiden älteren Kindern hinausgegangen, um das Vieh zu füttern. Ella räumte noch das Geschirr ab. „Was ist Sterilisation?", fragte Kati. Ella setzte sich zu ihr und versuchte es ihr zu erklären. „Das macht man, damit ein Mann kein Vater werden kann." Kati dachte nach und fragte: „Kann er dann auch nicht heiraten?" Ella sah, dass diese Frage ihre Tochter sehr beschäftigte, und sie beruhigte das Kind: „Man kann danach auch heiraten, aber die Frau wird dann keine Kinder bekommen." „Warum macht man dann so etwas Böses?", fragte Kati. Nun wusste Ella, dass es ein längeres Gespräch werden sollte. „Das ist eine komplizierte Geschichte", begann sie, „vor langer Zeit waren die Menschen sehr wohlhabend, aber es gab viel zu viele Menschen auf der Erde und alle wollten in Wohlstand weiterleben. Da sie viel mehr verbrauchten, als die Erde hervorbringen konnte, waren sie dabei alles Leben auf der Erde zu schädigen und die Erde unbewohnbar zu machen. So beschloss man, die jungen gebärfähigen Menschen unfruchtbar zu machen und auf diese Weise die Zahl der Menschen zu reduzieren. Wenn nun aber Menschen überhaupt keine Kinder mehr zur Welt bringen, würden die Menschen allmählich aussterben. So beschloss man, es solle einigen Menschen erlaubt werden Kinder zu gebären, aber diese Menschen müssten dann ganz einfach leben, damit sie die Natur nicht schädigen. Dadurch wurde es dann möglich, dass eine kleinere Anzahl der Menschen in Städten weiterhin ihr Wohlleben mit einer hochentwickelten Technik weiterführen konnte. Findest du es nicht auch wunderbar, dass wir uns entscheiden können, was wir wertvoller für uns finden?" „Ich will aber nicht, dass Georg weggeht", meinte das Kind. „Ach, meine Kleine", antwortete Ella, „das möchten wir alle nicht, aber wenn es Georg glücklich macht, die dort bietenden Möglichkeiten auszunutzen und zu studieren, können wir es ihm nicht verwehren, er muss doch sein eigenes Leben führen. Er wird uns ganz sicher besuchen kommen und uns erzählen, was er alles erlebt." Inzwischen war Kurt in das Zimmer zurückgekehrt und hatte den Schluss mitgehört. Er sagte nun: „Wir haben noch drei Wochen bis zu seinem Abschied, machen wir es ihm leicht und genießen wir bis dahin noch unser Beisammensein." Als sie beim Mittagessen saßen, klopfte es und Paul, der Sohn des Müllers, trat mit einem „guten Tag zusammen" in die Küche. „Ich soll Bescheid geben, euer Korn ist gemahlen, ihr könnt die Säcke abholen und meine Mutter bittet die Frau zu uns zu kommen, meine Mutter hat ein Furunkel an der Hüfte." „Setz dich zu uns, du kannst mitessen, wenn du magst", bot Ella freundlich an. Paul war Georgs bester Freund und allseits sehr beliebt, besonders die Mädchen sahen ihn sehr gern. Mit seinen 16 Jahren war er bereits ein blonder Hüne, schlank und muskulös. Er war immer freundlich und von einer ansteckenden guten Laune. Paul setzte sich mit an den Tisch und Gabi holte Teller und einen Löffel und stellte es ihm hin. Ella bediente ihn mit der Suppe. Eine kurze Zeit löffelten alle schweigend. Paul sah zu Georg hinüber und fragte: „Hast du Lust mit mir fischen zu gehen? Im Mühlbach sind fette Forellen, wir können euren Wagen nehmen und bei der Gelegenheit euer Mahlgut von der Mühle holen." Fragens schaute Georg seinen Vater an. „Ich bin froh, wenn ihr die Säcke schleppt", meinte Kurt. Zu Paul gewandt sagte Kurt: „Hast du dich schon für deine Zukunft entschlossen?" Paul lachte: „Da gibt es keine Frage, ich übernehme die Mühle und in einigen Jahren heirate ich Gabi." Gabi stand auf und verließ mit puterrotem Kopf die Küche. „Du kannst auch mich heiraten", meinte Kati. „Da nehme ich am besten gleich euch beide", lachte Paul. Kati verzog ihren Mund zu einem Fluntsch, das sah so lustig aus, dass alle lachen mussten.

Nach Tisch spannten die beiden Jungen das Pferd vor den Wagen. Ella nahm ihre Medizintasche und kletterte hinten auf die Ladefläche, Kurt holte einen Schinken für den Müller als Lohn für das Mahlen aus der Wurstkammer und reichte ihn seiner Frau. Paul und Georg setzten sich auf den Kutschbock, Georg nahm die Zügel und das Pferd trottete los. Das Gefährt kam nicht weit, schon am ersten Haus stoppten sie, denn die Frau des Schmieds trat auf die Straße, um einen Plausch zu halten. Beim nächsten Stopp war es der Tischler mit seiner Tochter. Kaum hatten sie sich wieder in Bewegung gesetzt, kam der Gemeindevorsteher gelaufen und bat Ella nach seiner Frau zu schauen, die hochschwanger war. Kurz vor der Mühle stoppte sie noch einmal der Kürschner, bei dem Kurt das Kürschner Handwerk gelernt hatte, und ließ Kurt ausrichten, dass er seine Hilfe beim Gerben einiger Häute benötige. Bei der Mühle kamen ihnen die beiden Zwillinge, Pauls jüngere Brüder, entgegengelaufen und dann erschien auch gleich der Müller und half Ella vom Wagen. Der Müller gab seinen Söhnen

Anweisungen und ging mit Ella in die Mühle zu seiner Frau. Die vier Jungen machten sich sogleich daran, den Wagen mit Säcken zu beladen. Ella blieb etwas länger in der Mühle, die vier Knaben hatten unterdessen Forellen gefangen. Auf der Rückfahrt saßen die jungen Männer hinten bei den Säcken und Ella saß auf dem Kutschbock.

Daheim gab Kurt nur noch Anweisungen, wo die Mehlsäcke und die Schrotsäcke mit dem Tierfutter verstaut werden mussten. Jede Familie im Ort hatte eigenes Mehl und bereitete Brot und Kuchen selbst zu, gebacken wurde dann in dem großen gemeinschaftlichen Ofen. Wenn der Ofen angeheizt war, wurde die Wärme meist gemeinsam hintereinander genutzt. Es hatte sich schnell herumgesprochen, dass die Müllerkinder mitgekommen waren, und schon bald war eine größere Kinderschar beisammen. Ella machte eine Limonade und freute sich an dem Durcheinander der jungen Stimmen. Auch die Großeltern hatten den Trubel gehört und kamen herüber, um sich an den Jugendlichen zu erfreuen. Um nicht zu stören, holten Ella und Kurt die Schafe gegen Abend allein von der Weide.

Am nächsten Tag hieß es, ein Bär hätte zwei Schafe des Nachbarn gerissen, und die Männer zogen, angeführt von Ellas Vater, mit Armbrust oder auch mit Pfeil und Bogen hinaus. Sie fanden auch die Spur des Bären, fanden aber den Bären nicht und kehrten gegen Abend unverrichteter Dinge heim. Dann kam der Sonntag und die Dorfleute versammelten sich auf dem Dorfplatz vor dem Gemeindehaus. Der wichtigste Gesprächsgegenstand war die Zukunft der Jugendlichen nach ihrem Schulabschluss. Es hieß, es hätten sich zwei junge Frauen und drei der jungen Männer entschlossen ihre Heimat zu verlassen. In der Nachbargemeinde, sechsundzwanzig Kilometer entfernt, wären es sogar sechs Jugendliche. In den kleinen Gemeinden war es immer ein starker Eingriff in gesellschaftliche Abläufe, wenn junge Menschen abwanderten.

In der darauffolgenden Woche kam der große vierteljährige Markttag, an dem sich neben den handeltreibenden Bauern der Umgebung auch alle jungen Leute trafen. Für die jungen Leute war es die einzige wirkliche Abwechselung, wo auch Musik gemacht und getanzt wurde. An diesem Markttag wurde vor allen über die anstehende Orientierungsveranstaltung gesprochen und darüber, welche Jugendlichen sich schon für den Verbleib oder die Auswanderung entschieden hatten. Bei diesen Veranstaltungen kam es zwischen den Jugendlichen oft zu Eifersüchteleien und Auseinandersetzungen. Obwohl sie alle Schulkameraden waren, hatten es die Burschen aus den anderen Dörfern hauptsächlich auf Paul abgesehen, weil der schmucke Müllers Sohn bei allen Mädchen der Umgebung sehr beliebt war. Nun war Paul sehr kräftig und niemand von den Jugendlichen aus der Umgebung traute sich mit ihm direkt einen Streit anzufangen. Sie rotteten sich zusammen und belauerten Paul. Georg merkte die sich anbahnenden Spannungen und verständigte die beiden Zwillinge des Müllers und sie blieben zusammen in Pauls

Nähe. Ein Mädchen aus einem anderen Dorf holte Paul zum Tanzen. Das ärgerte die Jungen aus ihrem Dorf, und als der Tanz zu Ende war, beschimpften und schubsten sie das Mädchen. Paul ging dazwischen, um das Mädchen zu beschützen, und schon war eine Schlägerei im Gange. Zu Georg und den Zwillingen hatten sich noch fünf Burschen aus Georgs Dorf gesellt, die sich auch gleich ins Getümmel warfen. Einige kräftige Männer gingen dazwischen, um die Kampfhähne zu trennen. Auch Kurt hatte das Geschehen beobachtet, aber zunächst nicht eingegriffen, nun zog er seinen Sohn mit einer blutenden Nase zur Seite, winkte den Söhnen des Müllers und sprach mit ihnen, dass es besser wäre, den Markt nun zu verlassen. Der Müller war geschäftlich abgelenkt gewesen und hatte von allem nichts mitbekommen. Kurt verständigte ihn, dass er seine Söhne auf seinem Wagen mit zurücknehme. Als sie mit dem Pferdewagen heimfuhren, sagte er nur: „Es ist besser einen Rückzug anzutreten, damit nichts Schlimmeres passiert. Ihr seid doch alle im selben Internat gewesen und seid gute Bekannte."

„Sie hatten es auf Paul abgesehen, sie sind eifersüchtig", rechtfertigte sich Georg. „Das habe ich wohl gemerkt", entgegnete sein Vater, „daran wird sich bald etwas ändern, wenn einige in das Wohlleben der Stadt wechseln." Daheim saßen sie noch einige Zeit vorm Haus und sprachen über das Vieh und über die Zunahme von Wolf und Bär in der Gegend. Der Müller kam auch mit seinem Wagen heim vom Markt, saß noch ein wenig mit auf der Bank und nahm an der Unterhaltung teil. Dann ließ er seine drei Söhne hinten auf den Wagen steigen, wünschte eine gute Nacht und fuhr zur Mühle.

Die Schulferien waren immer in der Erntezeit. Da die Ernte hier auf dem Lande reine Körperarbeit war, gab es viel zu tun und alle mussten mit anfassen. Trotz der vielen schweren Arbeit trug Kurt Sorge, dass seine Kinder auch genügend Zeit zum Spielen hatten. In der Regel halfen die Kinder morgens zwei oder drei Stunden mit bei der Feldarbeit und gegen Abend höchstens zwei Stunden. Georg hätte seinem Vater gern mehr geholfen, besonders wenn das Korn mit der Sense geschnitten werden musste, aber darauf ließ sich Kurt nicht ein. Seine Frau Ella war hingegen den ganzen langen Tag teils auf dem Feld, teils im Garten oder im Haus tätig. Es gab nur die Ausnahme, wenn sie zu einem Kranken gerufen wurde oder eine Geburt anstand. Für die Kinder waren die Schulferien trotz der Arbeit die glücklichste Zeit.

Der Tag der Orientierungsveranstaltung war gekommen. Alle Bewohner standen unter einer Spannung, ob alles wieder so ablaufen würde wie im vergangenen Jahr. Gegen Mittag kam das erwartete Luftfahrzeug und schwebte über der Mitte des Ortes. Alle Leute liefen aus ihren Häusern und schauten hinauf zu diesem seltsamen Fahrzeug. Nun ertönte von oben eine laute, durchdringende Stimme: „Wir begrüßen unsere verehrten Verwandten. Ab morgen öffnen wir wieder unseren Zugang für ihre Jugend, die drei Tage lang einwandern können. Die Sterilisation erfolgt beim Einlass, schmerzfrei und ohne gesundheitliche Schäden. Als Prämie sorgen wir zwei Jahre lang für alle ihrer

Bedürfnisse. Sie bekommen gut eingerichtete Apartments, Kleidung und Verpflegung. Sie bekommen vollen Zugang zu unseren Datennetzen. Alle Studiengänge stehen für sie offen, aber auch viele berufliche Ausbildungen. Besondere Attraktionen bieten wir ihnen für Ausbildung und Ausübung in den Berufen von Kranken- und Altenpflegern. Sie können auch beliebig wechseln zwischen den verschiedenen Ausbildungszielen. Wir freuen uns auf euch und bieten euch Zugang zu einem reichen, sorgenfreien Leben, zögert nicht." Damit erhob sich das Fahrzeug und entschwand anscheinend in Richtung der nächsten Ortschaft. „Scheißkerle", schimpfte Kati trotzig und verschwand im Haus. „Dann kommt also unser Abschied", sagte Ella zu ihrem großen Sohn und lächelte traurig. Gabi wandte sich ab und folgte ihrer jüngeren Schwester ins Haus. Das Ehepaar stand noch einige Zeit, sie hatten ihre Arme um Georgs Schultern gelegt und blickten dem verschwindenden Luftfahrzeug nach.

Die andere Welt

Sie waren früh aufgestanden und Georg half seinem Vater ein Pferd anzuspannen. Ella und die beiden Mädchen standen vor dem Haus und sahen traurig zu. Sie hatten beschlossen daheim Abschied zu nehmen, die Fahrt mit dem nicht stoßgedämmten Bauernwagen auf unbefestigten Wegen dauerte sicher etwa fünf Stunden und war sehr beschwerlich. Georg umarmte seine beiden Schwestern, die seine Umarmung steif und unbeweglich über sich ergehen ließen, sie konnten ihren hilflosen Ärger nicht unterdrücken. Dann umarmte Ella ihren Sohn, es schien, als wollte sie ihn nicht mehr loslassen. Schließlich gab sie ihm einen zärtlichen Klaps auf die Wange und schob ihn zum Kutschbock, auf dem sein Vater schon wartend saß. Im Fahren drehte sich Georg um und sah, dass seine Schwestern weinend winkten. Ella hatte sie an sich gezogen und schaute ihm unbeweglich nach. Die ersten Kilometer sprachen die beiden Männer kein Wort. Als sie die Felder und Weiden hinter sich gelassen hatten, führte der Weg, nur durch einige Radspuren sichtbar, durch den Wald. Es gab Löcher, die vorsichtig umfahren werden mussten, und einmal mussten sie einen umgestürzten Baum aus dem Weg räumen, was mit Hebeln und großer Kraftanstrengung gelang. Es dauerte drei Stunden, bis sie den Nachbarort erreicht hatten. Dort wurden sie von vielen Leuten begrüßt und tauschten Neuigkeiten und Informationen aus, ohne sich länger aufzuhalten. Als sie aus diesem Ort weiterfuhren, erzählte Kurt seinem Sohn von seinen Urgroßeltern, die in diesem Dorf gelebt hatten. Durch die Beschäftigung mit den Vorfahren kam Kurt auf die viel weiter zurückliegende Zeit zu sprechen, als die Menschen noch zusammenlebten, aber durch ihre viel zu hohe Anzahl Not und Hunger leiden mussten. Kriege und viele Katastrophen hatten sie dann dazu gebracht, durch strikte Geburtenkontrolle die Weltbevölkerung zu reduzieren. Ein zu starker Rückgang der Bevölkerungszahl hätte neue Probleme hervorgebracht und die dann überalterte Weltbevölkerung hätte sich kaum noch reproduzieren können. Mit ihrer hochentwickelten Technik und aufbewahrten Ei- und Samenzellen hätte man dann nachwachsende Generationen geschaffen. Durch die Zweiweltentechnik wäre es gelungen die Anzahl der Menschen zu stabilisieren, wobei die Menschen, die mit hohen Ressourcenverbrauch und hohem technischen Niveau weiterleben wollten, auf Reproduktion verzichten mussten. Hingegen die Menschen, die Kinder zur Welt bringen wollten, mussten auf jede Technik verzichten, um Schäden an der Umwelt auszuschließen. Der Sog des Wohllebens und der technischen Errungenschaften konnte es nun schon über viele Generationen bewirken, dass sich genügend junge Menschen sterilisieren ließen und das Bevölkerungswachstum im Gleichgewicht gehalten werden konnte. Während Kurt erzählte, war die Zeit schnell vergangen und sie passierten schon Gruppen von Leuten, die auch der Grenze entgegenstrebten. Als sie die

Grenzsicherung aus der Ferne sahen, fuhren sie bereits in einer dichten Kolonne von Leuten zu Fuß und auf anderen Fuhrwerken. Als das Gedränge zu dicht wurde, stoppte Kurt und sagte: „Ich fahre jetzt zurück, es gilt Abschied zu nehmen. Du bleibst in unseren Herzen und ich hoffe, dass du das Glück im Studium findest, es ist wohl so, wie man auch entscheidet, man wird etwas vermissen, lebe wohl." Um seine Rührung zu verbergen, stieg Kurt vom Bock und wendete mit dem Pferd am Halfter den Wagen. Er umarmte noch einmal seinen Sohn, der auch abgestiegen war, und machte sich auf den Heimweg.

Georg ging nun in einer Gruppe von Menschen zum Einlass. Er versuchte sich nicht zu sehr von dem Abschiedsschmerz rings herum beeindrucken zu lassen, konnte aber ein bängliches Gefühl nicht unterdrücken. Er stand nun in einer Reihe mit anderen Jugendlichen vor dem Einlass, aber es ging flott voran und schon nach wenigen Minuten durchschritt er das Tor. Es war das erste künstliche Licht, das er sah, welches ihn beim Eintritt blendete. Erschrocken verharrte er. Ein kleiner

Kasten oder ein kleiner Tisch mit glänzender Platte rollte auf ihn zu. Aus dem kleinen Gefährt erscholl eine Stimme: „Ich nehme Ihre Personalien auf, Sie können mit mir sprechen. Bitte nennen Sie mir Vor- und Nachnamen." Verwirrt stotterte Georg: „Georg Polda." Jetzt erschien seine Angabe mit Leuchtschrift auf dem kleinen Pult vor ihm. Nun wurde Georg reihenweise abgefragt und er antwortete: „Alter: 17, Geburtsdatum: 21.3.2396, Geburtsort: Rodenhütte, Ausbildungswunsch: Studium." Jetzt war alles in einem Formular auf dem Leuchtschirm aufgezeichnet. Die Stimme sagte: „Prüfen Sie bitte, sind alle Angaben korrekt? Diese Daten werden anschließend mit einem Mikrochip in die Haut ihres Unterarms eingefügt. Folgen Sie mir bitte." Der kleine Kasten rollte voraus und Georg folgte ihm in einen kleinen abgeschlossenen Raum. „Bitte entkleiden Sie sich und legen ihre Kleidung in die Klappe an der Wand." Georg zögerte. „Die Kleidung hat meine Mutter angefertigt." „Sie werden von uns neu eingekleidet, auf Wunsch kann Ihre alte Kleidung gesäubert und für Sie aufbewahrt werden." Georg war verlegen und stammelte: „Bitte aufbewahren." Kaum war er entkleidet, öffnete sich eine Tür zu einer Art Dusche, die sich gleich beim Eintritt wieder schloss. Ein kurzer Schrecken, dann wurde Georg mit einer bläulichen Lösung abgesprüht und im Anschluss mit warmem Wasser. Danach blies ihn ein warmer Wind in kurzer Zeit trocken, die Tür öffnete sich und er konnte die Kabine verlassen. Beim Verlassen der Kabine glitt ein schmaler Lichtstreifen von oben nach unten über seinen Körper. Nun sagte die Stimme: „Nach Säuberung und Scan werden Sie in einem klinischen Raum sterilisiert werden. Sie bekommen eine Injektion mit Nanorobotern, die durch äußerlich angelegte Kontakte zum Wirkort geführt und dort aktiviert werden. Dadurch wird die Produktion von Spermien dauerhaft unterbunden. Anschließend müssen die Nanoroboter wieder aus Ihrem Blut ausgewaschen werden, das nimmt einige Zeit in Anspruch. Danach werden Sie ein-gekleidet, erhalten alle benötigten Gegenstände und werden in Ihre

Unterkunft geleitet. Ich bedanke mich für Ihre Mitarbeit und wünsche Ihnen ein glückliches Leben." Daraufhin öffneten sich zu beiden Seiten Türen, der kleine Kasten rollte den Weg zurück, den sie zusammen gekommen waren, und die Tür schloss sich hinter ihm. Für Georg blieb die andere Tür offen. Er trat in das andere Zimmer und sah nun den ersten Menschen in dieser neuen Umgebung. Eine sehr hübsche junge Frau in einem weißen Kittel stand vor ihm und forderte ihn auf: „Setzen Sie sich." Mit Erschrecken merkte Georg seine Nacktheit und das Blut schoss ihm in den Kopf. „Sie können sich einen der Kittel nehmen", sagte die Frau lächelnd und deutete auf einen Stapel weißer Hemden. Sie staute seinen rechten Arm und legte eine Kanüle an. „Ich muss nun Ihr Hemdchen anheben und einige Elektroden anlegen", verkündete sie sehr freundlich und verkabelte den Probanden. Ein junger Mann mit einer gefüllten Spritze trat herein, es war wohl ein Arzt, er sagte: „Willkommen, ich werde Sie jetzt entschärfen." Georg fand diese Bemerkung etwas zu deplatziert und schaute zu, wie sich die Spritze langsam in seine Ader entleerte. Der Mann ging wieder hinaus und sie waren wieder zu zweit. „Ich hoffe, Ihnen wird es in der Stadt gefallen, Sie werden einige Zeit brauchen, um sich zurechtzufinden. Als ich herkam, fand ich es zuerst schrecklich und ich hatte Heimweh. Manchmal habe ich noch immer Heimweh nach Wald und Wiesen und nach Haustieren", plauderte die junge Frau ungezwungen. Georg wagte nicht sie direkt beim Erzählen anzusehen, dafür musterte er sie umso gründlicher, wenn sie sich abwendete. Sie gefiel ihm so gut, dass sich sein Herzschlag beschleunigte. Nun kam eine zweite junge Frau in das Zimmer und beide zusammen schlossen ihn an ein Gerät zur Blutwäsche an. Die zweite Frau gab ihm jetzt mit einer sehr kleinen Spritze eine Injektion in seinen linken Arm. „Das war die Erkennungsmarke", erklärte sie und verließ wieder den Raum. Die erste junge Frau war nun beschäftigt und Robert betrachtete sie mit Vergnügen. Dann kam erneut jemand ins Zimmer und schob einen mit Kleidung und einigen anderen Sachen bepackten Wagen herein. Eine ältere Frau trat hinter dem Wagen hervor und sagte: „Ich bringe Ihnen die Erstausstattung. Sie können sich dann anziehen, ich werde Ihnen alles Ungewohnte erklären. Dann werfe ich Sie ins kalte Wasser und Sie müssen allein schwimmen. Das Wichtigste ist dieses kleine Gerät, mit dem sie sprechen können und das ihnen alle benötigten Auskünfte geben wird." Sie befestigte ein Ding, etwas größer als eine Armbanduhr, an Georgs linkem Arm und verkündete dann: „Nun sind Sie mit dem Datennetz verbunden." Ein schneller Blick Georgs zeigte ihm, dass auch beide Frauen so einen kleinen Apparat an ihrem Arm trugen. Das Ankleiden mit den ungewohnten Kleidungsstücken bereitete ihm Schwierigkeiten, aber die ältere Frau half ihm und erklärte nebenbei, was er sich demnächst besser noch besorgen könnte, es stände ihm ja der Kredit zur freien Verfügung. Zu Georgs Enttäuschung hatte die junge Frau in der Zeit das Zimmer verlassen. In fremder Kleidung, das sprechende Ding an seinem Arm, die fremde Umgebung, Georg fühlte sich wie in einem Traum. Eine bleierne Müdigkeit kam über ihn, er konnte keinen klaren Gedanken mehr fassen. „Ich brauche ein Bett, ich will schlafen", stammelte er. „Das geht allen so, ruhen Sie sich aus und genießen Sie dann unsere Wunderwelt." Die Frau nahm ihren Servicewagen und verließ den Raum. Georg trottete hinter ihr her, da meldete sich das Ding an seinem Arm: „Linker Gang, zweite Tür des Elevators, Wohnung 428." Georg musste sich nur bewegen, alles andere geschah gesteuert wie von Geisterhand. Dann stand er in seiner Unterkunft. Alles wirkte fremd, ein großer Bildschirm über eine ganze Wand, zwei Sitzschalen, ein umlaufendes Sideboard an einer anderen Wand. Eine Tür, die er öffnete, führte in eine Nasszelle und hinter einer zweiten Tür waren ein großes Bett und einige Installationen, mit denen Georg noch nichts anfangen konnte. Er zog sich die Schuhe und seine Hose aus und ließ sich ins Bett fallen. Das Licht erlosch automatisch und er glitt in einen traumlosen Schlaf.

Georg öffnete seine Augen, es war hell, aber er wusste zunächst nicht, wo er war. Er richtete sich auf und die Erinnerungen an den gestrigen Tag rasten durch sein Gedächtnis. Da kam wieder die Stimme von seinem Arm: „Guten Morgen und ein gutes Gelingen." „Wer bist du, und bist du immer da?", fragte Georg verunsichert. „Ich bin ein Teil von dir, deine künstliche Intelligenz, ich ergänze dich." Georg reagierte barsch: „Ich brauche keine künstliche Intelligenz, meine Intelligenz war immer ausreichend." Einen kleinen Moment war es still im Schlafraum, dann meldete sich wieder die Stimme an seinem Arm: „Du wirst mich brauchen, niemand kann hier auf sich selbst gestellt überleben, nimm mich als Teil von dir an." Georg hatte keine Lust die Unterhaltung fortzusetzen und ging verschlafen in die Nasszelle. Dort stand er ratlos, fand sich nicht zurecht und lief erst einmal zurück, um sich zu entkleiden. Dann stellte er sich unter den Brausekopf, aber er fand keine Armatur, um das Wasser anzustellen. Als er ratlos an der Wand entlang fühlte, kam die Stimme: „Wasser bitte", und schon wurde er wohlig von warmem Wasser angesprüht. Georg war lernfähig, er sagte laut „Genug" und der Schwall des Wassers versiegte. Er sah sich um und konnte kein Handtuch entdecken. „Womit kann ich mich abtrocknen?" Die Stimme antwortete laut „Warmluft", und schon trocknete ihn ein warmer Wind. „Ich finde es blöd, mich mit meinem Arm zu unterhalten und mir wie ein Baby helfen zu lassen", meinte Georg, als er die Duschkabine verließ. „Du wirst dich daran gewöhnen, ich muss mich auch erst an dich gewöhnen", kam die Antwort. Georg kleidete sich an und verkündete: „Ich möchte zuerst zur Uni." „Die Universität ist hier in deinem Wohnzimmer, so wie du sie am liebsten magst, in alt, klassisch oder in modern, mit Büchern oder mit Vortragenden, alles in räumlicher Darbietung, als Hologramm. Du kannst arbeiten, wann du willst, und auch Prüfungen ablegen, alles hängt von deiner Aufnahmefähigkeit ab." Georg hatte es die Sprache verschlagen, erschüttert stand er in der Tür zum Schlafzimmer. „Ich will nicht nur im Zimmer sitzen, ich will unter Menschen", brummte er ärgerlich. „Kein

Problem, gehen wir", kam es von dem dienstbaren Geist, den er am Arm trug. Georg wurde stimmlich geleitet durch Korridore zu einer Wand mit Fahrstuhltüren, danach hinunter mit einem Fahrstuhl und an die Ausgangstür. Vorsichtig trat er hinaus. Was er sah, war sehr verwirrend: Eine sehr breite Häuserschlucht mit glänzenden dunkelgrauen hochaufragenden Fassaden. Darunter waren Geschäfte mit aufdringlichen dreidimensionalen Lichtreklamen. Darüber schwebten zwischen den Häuserreihen seltsame kleine Flugobjekte. Menschen glitten an Georg vorbei, ohne ihn zu beachten. In der Mitte der Straße raste ein längliches Gefährt heran, bremste, Ausgänge an der Seite öffneten sich und Menschen kamen heraus, einige stiegen hinein, die Türen schlossen sich und das Gefährt raste weiter. Georg trat an die Auslagen eines Geschäfts. Unbekannte Gegenstände wuselten durcheinander, dazwischen Tafeln mit Leuchtschrift, aber mit Bezeichnungen, deren Sinn sich ihm nicht entschließen wollte. „Kann man irgendwo frühstücken?", Georg spürte plötzlich, dass er noch nichts zu sich genommen hatte und hungrig war. „Geh weiter, du kommst gleich an eine Nahrungsstation", war die Auskunft. Die Straße weitete sich zu einem großen Platz, die begrenzenden Häuserfassaden waren begrünt und auf der Mitte des Platzes ragte ein seltsames Bauwerk wie eine Stufenpyramide und aus den Stufen ragten Bäume empor, ein überdimensioniertes Urwalddenkmal. Auf dem Platz landeten die kleinen Luftfahrzeuge und andere stiegen empor. Staunend war Georg stehengeblieben. Zu seiner Linken war eine offene Front mit einer Reihe von sich bewegenden Essenstabletts. „Kann ich da einfach etwas nehmen?", fragte Georg vorsichtshalber. „Du darfst dir nehmen, was du brauchst, du bist registriert", lautete die Antwort. Georg ging hinein und beobachtete einige Leute, um sich richtig zu verhalten. Dann sah er, wie ein heißes Getränk entnommen werden konnte, nahm sich wahllos eines der Tabletts, die langsam vorüberzogen, ging mit Tablett und Getränk zu einem der kleinen Tische und ließ sich daran nieder.

Die Speisen auf dem Tablett waren ihm alle unbekannt, er schaute, wie andere Leute aßen, probierte erst zaghaft und aß dann mit gutem Appetit. Ein alter Mann setzte sich zu ihm an den Tisch. Er hatte sich nur ein Getränk genommen und atmete schwer. Georg verstand nicht, was er sagte, ihm war der Dialekt nicht geläufig. Er entschuldigte sich, nicht verstanden zu haben. Der Mann fragte dann lauter: „Sind Sie neu?" Als Georg bejahte, fuhr der Mann fort: „Suchen Sie vielleicht Arbeit, ich könnte jemanden gebrauchen." Georg erklärte, dass er studieren wolle und kein Interesse an einer Arbeit hätte. Der Mann erzählte dann, wie schwierig es wäre eine Pflegekraft zu bekommen. Seine Frau wäre gänzlich auf Hilfe angewiesen und der Roboter, der ihnen gestellt werde, sei zwar sehr praktisch, könne aber doch keinen Menschen ersetzen.

Georg verließ nun das Lokal und schlenderte über den Platz durch unbekannte Straßen. Viele der aufdringlichen Reklamen schienen sich auf sportliche Tätigkeiten zu beziehen. Das meiste, was er sah, war ihm unverständlich und sein Gefühl der Fremdheit und der Verlassenheit wurde immer stärker. Er kam an eine große freie Fläche mit einer Unzahl von durchsichtigen eiförmigen Hüllen, in denen Menschen zu hocken schienen. „Sag mir bitte, was das ist", fragte Georg. Einen Moment lang kam keine Antwort, dann sagte die Stimme: „Du sprichst mit keiner Person, wie soll ich wissen, was du meinst." Georg beschrieb, was er sah, und erhielt die Antwort: „Das sind Erinnerungen an Verstorbene, eine räumliche Nachbildung ihres einstmaligen Körpers, verbunden mit Daten ihrer Vergangenheit. Die Daten können abgerufen werden." All die neuen Eindrücke überstiegen Georgs Fassungsvermögen und er sagte, dass er zurück in sein Apartment wolle. Mit den notwendigen Anweisungen fand er schnell zurück und atmete in der Ruhe seiner neuen Räume auf. Sinnend setzte er sich in eine der Sitzschalen. „Bevor ich mich draußen weiter umsehe, möchte ich Informationen, die das Studium betreffen. Aber zuerst erkläre mir, was du bist. Ich meine das kleine Ding an meinem Arm, das zu mir spricht." „Ich bin die Verbindung zur sogenannten Künstlichen Intelligenz, zur KI. Die KI hat alle Informationen, die der Menschheit zur Verfügung stehen, und baut sie kontinuierlich aus. Sie regelt auch das gesamte digitale System, reicht dir das?" „Was nützt mir ein Studium, wenn man von der KI alles Wissen abrufen kann, oder gibt es etwas, was Menschen können und sie nicht?" „Menschen bewegen sich im realen Raum, Menschen haben Interessen, die KI nicht, Menschen haben Gefühle, die KI nicht, Menschen haben Eigennutz, die KI nicht und Menschen können Fragen stellen, die KI nicht. Beide sind aufeinander angewiesen und ergänzen sich. Genügt das?" Georg war aufgestanden und lief im Raum hin und her. In seinem Kopf arbeitete es, ihm war alles suspekt, er hatte das Gefühl in eine Falle hineingetappt zu sein. Wie sollte er sich entscheiden, würde er sich mit dieser KI anfreunden können? Diese Stadt, diese neue Welt schien zum größten Teil aus überproportionaler Datenverarbeitung zu bestehen. Er musste sich austauschen, mit Menschen. Seine erste Begegnung nach seinem Übertritt in diese Welt fiel ihm ein und das Bild der jungen Krankenschwester kam ihm in den Sinn. Sie hatte Sehnsüchte geäußert, sie würde ihn verstehen. Wie konnte er sie finden? Gleich darauf kam ihm der Gedanke, dass sicher die KI dabei helfen könnte. Er beschloss, die KI zu benutzen, um die junge Frau ausfindig zu machen. Zuerst musste er noch die Sache mit der imaginären Universität klären, zu der sein Zimmer sich wandeln sollte. „Ich möchte eine gute alte Universität besuchen", sagte er mit zweifelnder Stimme. „Dazu musst du tätig werden, lege deine Hand auf den roten Knopf vor dem Bildschirm", erklärte die Stimme. Als Georg den Knopf berührte, leuchtete der Bildschirm auf. „Bitte Eingabe", wurde Georg aufgefordert. Er wiederholte seinen Wunsch und aus dem Bildschirm heraus bildete sich ein Hologramm. Es ragte fast einen halben Meter in das Zimmer. Georg hatte den Eindruck zwischen anderen Studenten in einem alten Hörsaal zu sitzen. Ein Mann trat vor das Rednerpult und begann eine Begrüßungsansprache. Vor Überraschung setzte sich Georg in die Sitzschale und hörte zu. Doch dann sagte er: „Genug", die Erscheinung verlöschte und er saß wieder allein im Zimmer vor dem Bildschirm, auf dem ein Landschaftsbild mit einem fließenden Bach zu sehen war. Er überlegte eine längere Zeit, stand auf, berührte noch einmal den roten Knopf, das Bild verlöschte und er ging zu Bett. Bevor er einschlief, dachte er noch an die seltsamen Erscheinungen, die ihn zu überfordern schienen. Er richtete dann seine Gedanken auf jene junge Frau, malte sich aus, sie wiederzusehen und schlief ein.

Voll Tatendrang erwachte Georg mit dem festen Vorsatz einen Studienplan aufzustellen und sich in die hiesigen Gepflogenheiten der Wissensvermittlung einzuarbeiten. Er hatte wenig Lust erst zu dem Lokal unten auf der Straße zu gehen. Noch im Bad fragte er: „Kann ich in der Nähe frühstücken?" Er bekam die Information: „Sage `Bestellung´ und ordere, was du haben möchtest, die Lieferung kannst du aus der Klappe neben der Tür entnehmen." Georg orderte zwei Brötchen, Butter, Marmelade und Kaffee, und wirklich, schon nach einigen Minuten leuchtete ein grünes Licht an der Klappe auf und er konnte ein Tablett mit dem Gewünschten entnehmen. Es war ein guter Tagesanfang, der Kaffee war gut und die Brötchen knackig. Schon mit dem letzten Bissen im Mund betätigte Georg den roten Knopf, verlangte die Universität und nacheinander erst die Verwaltung, dann verschiedene Abteilungen und zum Abschluss die Bibliothek. In den Büchern stöberte er bis zum späten Abend und wunderte sich dann über einen heftigen Anfall von Hunger. Er bestellte sich eine Pizza, wurde beliefert und als Zeichen seiner schnellen Auffassungsgabe bestellte er sich auch noch Musik. Eingehüllt in angenehmen, warmen Raumklang genoss er zum ersten Male in dieser fremden Umgebung sein Alleinsein.

Eines Tages, er hatte schon sein Uniprogramm begonnen, meldete sich die Stimme, ihn wolle jemand kontaktieren. Verwundert meldete er sich mit: „Georg Polda". „Franz Knesen, hi Georg, schon eingelebt? Wir dachten, es wäre gut, wenn wir zu den Mädchen und den Jungen aus dem Umkreis von Rodenhütte Kontakt halten könnten. Wir sind noch dabei, alle zusammenzutrommeln. Du machst doch mit? Wir treffen uns morgen um 18 Uhr im Billiard Club." Georg war überrascht und erfreut, sagte aber nur „Na klar", und beendete das Gespräch. Franz Knesen war auf dem Markt bei der Auseinandersetzung mit den Söhnen des Müllers bei der Gegenpartei gewesen, obwohl er aus Rodenhütte stammte, und gehörte deshalb nicht zu den engen Freunden. Georg freute sich dennoch auf die Zusammenkunft mit den Kameraden. Seine Arbeitslust war nach dem Gespräch verflogen und so beendete er das Programm und beschloss noch einmal einen Stadtbummel zu wagen. Nach dem Verlassen seiner Wohnung bemühte er sich, den Weg ohne Hinweise seines Begleiters am Arm zu finden, und kam nur mit einer Korrektur zum Ausgang. Langsam schlenderte Georg in die Gegenrichtung. Es war schwül geworden und so freute er sich, als er an einem Eiskaffee vorbeikam. Ein Platz vor dem Kaffee unter einem Sonnendach war frei, zwei alte Damen saßen noch mit an dem Tischchen, unterhielten sich und nahmen von dem jungen Mann keine Notiz. Während Georg seinen Eisbecher löffelte, lauschte er der Unterhaltung seiner Gegenüber. Sie sprachen in einem ungewohnten Dialekt, Georg konnte sie kaum verstehen. Aus dem, was er verstand, schloss er auf eine sehr geringe Intelligenz. Als die beiden Frauen gegangen waren, blieb er noch geraume Zeit sitzen und beobachtete die vorübergehenden Menschen. Plötzlich wurde ihm klar, was ihn schon bei seinem ersten Ausgang gestört hatte, es gab keine Kinder, selbst Personen in seinem Alter waren selten. Obwohl das auch nicht anders zu erwarten war, störte es Georg. ‚Sie sind am Aussterben', dachte er, dann durchzuckte ihn ein Schreck. ‚Du gehörst nun auch dazu', kam es ihm in den Sinn und ihm kamen Zweifel, ob er sich richtig entschieden hatte. Als Georg dann weiter ging, achtete er kaum auf die eindringlichen Reklamen, seine Gedanken waren daheim bei der Familie und den Tieren, den Wiesen und Feldern, dem Mühlbach am Rande des Waldes und den glücklichen Stunden, in denen sie in den

Schulferien gemeinsam durch die Gegend gestreift waren. Die Straße endete an einem Platz. Hinter dem Platz war ein großes Gebäude mit einem gewaltigen Torbogen. Über den Torbogen stand mit goldenen Buchstaben ‚Sportzentrum‘. Georg durchschritt den Platz und lief durch den Torbogen. Es gab hinter der Unterführung viele Möglichkeiten weiter zu den Stadien und Sporthallen zu gehen, doch Georg hatte fürs erste genug gesehen und kehrte um.

Den Nachmittag verbrachte er vor dem Sichtschirm. Er probierte verschiedene Unterhaltungsprogramme. In die Programme konnte man sich einbringen und an den Handlungen teilnehmen. Georg wechselte von Programm zu Programm, ohne länger darin zu verweilen. Es war ihm unangenehm in fremde Handlungen mit eingebunden zu werden. Doch obwohl er nur flüchtig teilnahm, verspürte er einen Sog, sich in diese künstliche Welt zu versenken. Als er sich davon losriss und den Sichtschirm ausschaltete, fühlte er sich in der Ruhe seines Zimmers gleich wohler.

Als sich Georg am folgenden Tag zu dem Treffen mit seinen ehemaligen Schulkameraden aufmachen wollte, erhielt er die Warnung vor einer Hitzewelle, die den Aufenthalt im Freien lebensgefährlich mache. Georg wunderte sich, in seinem Apartment herrschte eine angenehme Temperatur. In den Gängen des Hauses und im Fahrstuhl war auch nichts von starker Wärme zu spüren. Die Außentür war geschlossen, und als er öffnete, schlug ihm ein Schwall von glühend heißer Luft entgegen. Georg orderte ein Taxi, das Warten auf das Fahrzeug wurde fast unerträglich. Es dauerte aber nicht lange und eines der kleinen Flugkörper landete direkt vor der Tür. Eine Tür schwenkte auf und gab das Innere frei. Darin war nur ein Sitz, darüber eine Glaskuppel, es gab keine Bedienungselemente oder etwas, was auf eine Steuerung hinwies. Kaum saß Georg, da stieg das Fahrzeug steil in die Höhe und dann prasselte Wasser an die Scheiben. Als sie etwas höher gestiegen waren, sah er dann, dass oben von den Bauwerken Wasser versprüht wurde, das aber so schnell verdampfte, dass es nicht bis hinunter zur Straße gekommen war. Das Luftfahrzeug landete auf dem Dach eines Hauses nahe einer Eingangstür.

Hinter der Tür war es dann wieder gut temperiert. Der Billard Club bestand aus mehr als 10 großen Hallen mit Spieltischen. Erst im dritten Saal traf Georg bekannte Gesichter. Er wurde mit einem großen Hallo begrüßt. Als alle Erwarteten später eingetroffen waren, begaben sie sich gemeinsam in die angeschlossene Bar. Aufgeregte Stimmen ergaben einen Geräuschhintergrund, der es erschwerte zu allen durchzudringen. Die Erlebnisse, die geschildert wurden, waren sich sehr ähnlich. Es war die schier unbegreifliche Auswirkung der digitalen elektronischen Datenverarbeitung. Judith, die Tochter des Schmieds, sagte, ihr schiene es, als ob Menschen nur noch Beiwerk wären. Sie war in die Altenpflege gegangen und sehr deprimiert über die Ruhigstellung der alten Menschen mittels lebloser Technik. Ein Großteil der ehemaligen Schulkameraden hatte ein Studium aufgenommen und war nun enttäuscht über die unpersönlichen Lehrangebote. Georg berichtete, dass er sich noch nicht für ein bestimmtes Fach hätte entscheiden können und noch immer zwischen Geschichte und Philosophie schwanke. Später unterhielt er sich angeregt mit Anette, sie kam aus einem der Dörfer jenseits des Flusses und sagte, dass sie Georg zusammen mit Paul daheim auf dem Markt gesehen hätte. Sie war in Verbindung ihres Medizinstudiums im praktischen Jahr in einer Klinik. „Mediziner sind fast nur noch für die seelische Betreuung der Patienten zuständig", erzählte sie. Den Patienten würde so viel Technik eingebaut, dass man sich fragen müsste, ob das noch lebendige Wesen oder Roboter seien. Sie wäre schon jetzt im Zweifel, ob sie sich diesem Beruf nach bestandenem Examen noch weiter widmen würde. Dann setzte sich Franz zu ihnen, der das gleiche Studium begonnen, aber in einer anderen Klinik angefangen hatte. Beide erzählten nun nur noch kuriose Begebenheiten mit Personal und Patienten, was Georg nicht sonderlich interessierte. Gegen Abend, als einige aufbrechen wollten, verabredeten sie noch einen festen Termin, an dem sie zusammenkommen wollten. In Anbetracht der Witterung mussten sich alle mit öffentlichen Fahrzeugen abholen lassen, was ein kleines Gedränge am Zugang zum Dach des Gebäudes auslöste.

Bei den oft temperamentvollen Gesprächen mit seinen ehemaligen Schulfreunden war in Georg eine Frage aufgetaucht, die ihn sehr beschäftigte. Nun in der Ruhe seines Gemaches sprudelte es aus ihm heraus. „Wie kann die KI unterscheiden, ob ich mit Personen kommuniziere oder ob ich mit ihr verbunden sein möchte?" Georg bekam eine ausführliche Erklärung. Nervenimpulse seines linken Arms würden die Verbindung herstellen. Als ihm das Gerät an seinem Arm angebracht wurde, war seine Konzentration, als er von dort die Stimme hörte, auf dieses Gerät gerichtet und ebenso, wenn er Kontakt mit dem Gerät haben wollte. Diese Konzentration zum Gerät an seinem linken Arm habe er, ohne es zu merken, bei-behalten. Georg war beeindruckt und spürte nun deutlich das Gerät am linken Arm. Ihm kam noch eine zweite Frage in den Sinn: „Werden wir von der KI auch bei privaten Gesprächen abgehört?" „Nein", war die Antwort, „es sei denn, dass eine Person darum bittet, die KI hat keine eigenen Interessen." Wissen ohne Interessen, sinnierte Georg, richtig vorstellen konnte er sich das nicht. Wenn man so viel weiß, müssen doch auch Fragen auftauchen, die man klären möchte? Georg schloss daraus, die KI könne nicht denken, sondern nur Fakten kombinieren und wiedergeben. Doch bereits im nächsten Moment war er sich dessen nicht mehr sicher. Schon Gedanken an diese unsichtbaren Prozesse waren ihm unheimlich.

Die Hitzewelle dauerte fünf Tage an, ebbte aber bereits nach zwei Tagen soweit ab, dass man sich schon hinausbegeben konnte.

In sein Studium hatte sich Georg besser hineingefunden. Er hatte sich für die Philosophie entschieden, und weil nach einer Lektion stets ein Wissenstest folgte, danach eine Beurteilung oder Wiederholung des Pensums, machte er gute Fortschritte und es machte ihm sogar Spaß, so geführt in die Materie einzudringen. Die allgegenwärtige technische Automatik bei den täglichen Verrichtungen störte ihn, sie wurde aber zum Alltag und er gewöhnte sich daran.

Im ersten Monat verließ Georg nur selten sein Apartment. Von den vielen Ablenkungsmöglichkeiten der Medien machte er zumindest in den ersten Wochen wenig Gebrauch. Sein Bewegungsmangel wurde ihm erst nach und nach bewusst. Gewohnheiten zu ändern, besonders wenn sie sich erst frisch eingeschliffen haben, ist nicht leicht. Den entscheidenden Impuls gab ihm Anette, die ihn aufsuchte und fragte, ob er mit ihr laufen kommen wolle. Während sie in der großen Halle ihre erste Runde liefen, merkte Georg, wie sehr ihm Bewegung gefehlt hatte. In der zweiten Runde wurden ihm schon die Beine schwer, er gab auf, setzte sich auf eine Bank und wartete auf Anette, die noch eine Bahn weitergelaufen war. Nach dem Duschen gingen sie zusammen zum Essen und verabredeten, nun jeden Morgen etwas zu laufen. Nach und nach kamen noch andere seiner Bekannten hinzu, es wurde eine größere Gruppe, die sich morgens zum Laufen traf. Es blieb nicht nur beim Laufen, andere sportliche Aktivitäten kamen hinzu. Georg spielte Billiard sowie Korbball und ging zum Kampfsporttraining und schließlich trat das Studium in den Hintergrund. Georg lebte auf, hatte feste Freundschaften und flirtete mit jungen Frauen aus der Klicke. Es kam so weit, dass Georg am Bildschirm ermahnt wurde, sich intensiver dem Studium zu widmen. Franz Knesen, gegen den er zuerst Vorbehalte gehabt hatte, wurde zu einem guten Freund.

Trotz aller Ablenkungen dachte Georg ab und zu an die junge Arzthelferin, die ihn an seinem Ankunftstag in Empfang genommen hatte. Aus Unsicherheit hatte er es bisher unterlassen, nach ihrem Namen und ihrem Aufenthalt zu forschen. Er erzählte Franz, dass ihn die Erinnerungen an diese Frau, die wahrscheinlich zwei bis drei Jahre älter sein musste, nicht losließen. Franz sagte einfach „Auskunft" und nannte Datum sowie Uhrzeit des Ankunftstages und den Namen von Georg. Dann fragte er nach der Arzthelferin, die Georg in Empfang genommen hatte. Umgehend kamen die verlangten Daten. Die junge Frau hieß Susanne Emmerich, war 20 Jahre alt, und auch ihre Adresse und die Rufnummer wurden mitgeteilt. Nun war es an Georg zu handeln. Er war sehr aufgeregt und kam, als er eine Sprachverbindung anforderte, etwas ins Stottern. Die Verbindung kam sofort zustande. Als er umständlich erklärte, an welchem Tag er angekommen und von ihr betreut worden war, unterbrach sie ihn und sagte, sie könne sich an ihn erinnern. Georg bekam vor Freude noch mehr Wortfindungsstörungen, erreichte aber dann, sich mit ihr zu verabreden. Nach Beendigung des Gespräches ärgerte er sich ein wenig, dass er für das Gespräch nicht den Sichtschirm eingeschaltet hatte, nun konnte er sie erst bei dem Date sehen. Susanne hatte als Treffpunkt einen Park in einer ihm unbekannten Gegend vorgeschlagen.

Eingehend besichtigte Georg auf der Bildwand Susannes Wohnbereich, schaute sich den Park genaustens an und malte sich aus, wie sie zu zweit durch den Park gehen und wo sie verweilen könnten. Zu der Verabredung lief Georg dann zu Fuß, was völlig unüblich war, und das, obwohl der Treffpunkt fast fünf Kilometer von seiner Wohnung entfernt lag. Er war weit vor der Zeit aufgebrochen, hatte sich den Weg gut eingeprägt und kam ohne eine Orientierungshilfe, aber lange vor der verabredeten Zeit in dem Park an. Aufgeregt lief er im Park hin und her. Zufällig trat er an einen Baum heran und wollte die Rinde ertasten, er schreckte zurück, als seine Hand ohne Widerstand in den Baum eindrang. Der Park, die Pflanzen und die Bäume waren nur Projektionen.

Als Susanne erschien, war seine erste Frage: „Du bist doch hoffentlich echt." Das war eine Begrüßung, von der sie sehr überrascht war. Georg beeilte sich zu erklären, dass es wie ein Schock für ihn gewesen sei, als sich der Park als nicht echt herausstellte. Susanne lachte hell auf: „Wusstest du nicht, dass es in der Stadt keine natürlichen Pflanzen gibt, alle Pflanzen und Bäume sind nur Hologramme, nur fürs Auge." Die Unsicherheit, die beide vor ihrem Treffen gefühlt hatten, war verschwunden. Wie Susanne so freundlich auf ihn zukam, wie sie sprach, ohne Scheu und ganz unkompliziert, war Georg gleich sehr vertraut, nur sein Herz pochte viel stärker als gewohnt. In einem Rondell setzten sie sich auf eine Bank und plauderten von ihren momentanen Lebenssituationen. Georg berichtete von seinem Studium und von seinen sportlichen Betätigungen. Er sprach auch von seinen Freunden, sagte aber, dass er sich bei der Übermacht der Technik unwohl und einsam fühle. Susanne hatte Verständnis und sagte, sie fühle sich immer noch wie eine Fremde, so als würde sie in dieser großartigen, aber entmenschlichten Welt nur geduldet. Der Tag ging zu schnell zur Neige, Georg brachte sie noch bis zu Ihrem Wohnturm und sie verabredeten sich für den übernächsten Tag.

Zu ihrem zweiten Rendezvous durfte Georg sie in ihrer Wohnung abholen. Sie gingen in ein kleines Cafe. Georg fragte Susanne nach ihrer Kindheit aus. Susanne erzählte, dass ihre Mutter gestorben war, als sie 3 Jahre alt war. Ihr Vater sei ein fahrender Händler gewesen, der mit Pferd und Wagen und mit seiner kleinen Tochter durch das Land fuhr. Sie hätten mit Töpfen, Pfannen und Werkzeug aus richtigem Eisen gehandelt, die aus Funden von Alteisen von Schmieden gefertigt wurden. Ebenso hätten sie Korbwaren, Töpferwaren, Bottiche und Schalen aus Holz zum Tauschen gehabt. Bekommen hätten sie dafür Lebensmittel aller Art, die sie dann wieder dazu benutzt hätten, Ware einzutauschen. Sie hätten immer reichlich zum Leben gehabt, einen guten Wagen, in dem sie gelebt und geschlafen hätten, und zwei gute Pferde. Ihr Vater sei ein sehr gebildeter Mann gewesen, der sehr fürsorglich war und sie in allem unterrichtet hätte. In eine Internatsschule sei sie nie gegangen. Als sie 14 Jahre alt war, sei ihr Vater in einem Unwetter beim Versuch Pferd und Wagen zu retten ums Leben gekommen. Vom Ufer aus hätte sie zusehen müssen, wie die starken Fluten

Wagen samt Pferden weggerissen hätten, wie ihr Vater gekämpft habe und wie schließlich sein Kopf unter dem Wagen verschwand. Sie wäre am Ufer entlanggelaufen, bis der Wagen ihren Blicken entschwand, ihr Vater wäre nicht mehr aufgetaucht. Sie sei dann als Magd von Hof zu Hof gezogen. Das wäre keine sehr gute Zeit gewesen und nach dem ersten Informationsgespräch wäre sie zur Technikwelt aufgebrochen. Sie habe sich dort zur Arzthelferin ausbilden lassen. Nun sei sie schon über drei Jahre hier und habe sich gut eingelebt, aber die Sehnsucht nach ihrem alten Leben hätte sie nicht verlassen. Georg berichtete von seinen beiden kleinen Schwestern, von seiner Mutter, der Heilerin und Hebamme am Ort, von seinem Vater, der immer eine stille Sehnsucht nach gehobenem Wissen gehabt habe, aber seiner Frau zuliebe, die nicht auf Kinder verzichten wollte, auf dem Lande geblieben sei. Er erzählte von der Arbeit und den Tieren auf dem Hof, von seinem besten Freund, dem Müllersohn, und wie traurig und verzweifelt seine Schwestern gewesen seien, als er beschlossen hatte an die Universität in der Stadt zu gehen. Sie sprachen über Geschichten, die sie bewegten, doch im Grunde erforschten sie einander in aufkeimender Liebe. Spät am Abend, als sie in einer traditionellen Disco tanzen gingen, tauschten sie die ersten scheuen Zärtlichkeiten.

Die folgenden Tage verlebte Georg wie im Traum. Morgens trieb er noch etwas Sport, den Freunden entzog er sich nach Möglichkeit und er konnte es kaum erwarten wieder mit Susanne zusammen zu sein. Er arbeite wieder konsequent für das Studium. Wenn Susanne ihren Dienst beendet hatte, trafen sie sich. Am liebsten schlenderten sie durch den Park und entzogen sich etwas dem lauten Getriebe. Eines Abends, als der Mond zwischen den Bäumen zu sehen war, sagte Susanne, dass sie Sehnsucht nach dem Nachthimmel mit den funkelnden Sternen hätte, die durch die Lichtglocke der Stadt völlig überdeckt würden. Georg überraschte diese Gemeinsamkeit, er kam ins Schwärmen und erzählte, dass er schon an mehreren Abenden am Sichtschirm sich in den endlosen Fernen verloren hätte. Er beschrieb die unendliche Anzahl fremder Leben dort draußen, mit unvorstellbarer Vielfalt. Er erzählte von den Signalen ferner Hochkulturen, die von der KI entschlüsselt, aber trotzdem kaum verstanden werden könnten. Er sprach davon, dass das nächste empfangene Signal einer Hochkultur 648 Tausend Lichtjahre entfernt war und dass diese Kultur wohl schon lange nicht mehr existiere. Nachdenklich und traurig meinte er, dass wohl auch die Menschheit sich schon lange überlebt hätte und dass nur durch Technik das Aussterben hinausgezögert würde. Vielleicht hätte diese künstlich erschaffene digitale Existenzform eine viel längere Überlebensdauer und Menschen wären überflüssig. Susanne bemerkte traurig: „Haben wir uns nicht auch gegen das Leben entschieden? Ich wünschte, ich hätte mich anders entschieden, aber dann hätte ich dich nicht kennengelernt." Lange schwieg Georg und dann meinte er leise: „Nach dem Studium möchte ich in die Armut zurückkehren, kann ich dir das zumuten?" „Was sagst du, zumuten, das wäre ein Traum für mich", flüsterte Susanne und barg ihren Kopf an Georgs Brust, besorgt ihre Tränen nicht sehen zu lassen.

Nicht immer war ihr gemeinschaftliches Leben von der Sehnsucht überschattet. Sie lebten nun beide zusammen in Georgs Apartment und schöpften die vielen Angebote an Kultur und Unterhaltung aus. Zu Georgs Freunden kamen nun auch noch Freundinnen und Freunde von Susanne hinzu und die Zeit für romantische Träume wurde knapp. Sportveranstaltungen, Tanz und gesellschaftliches Beisammensein, Ausfahrten ins Umland der Stadt, Besichtigungen und Bildungsveranstaltungen, manchmal wurde beiden die Betriebsamkeit zu viel, doch wenn man einmal in den Strom der Ablenkungen geraten ist, kann man sich dem schwer entziehen. Und sie hatten ja auch keinerlei Existenzsorgen, alles, was sie zum Leben brauchten, war reichlich vorhanden, die große Abhängigkeit wurde meist ausgeblendet. Georg hatte eine heimliche Sorge, er hatte das Gefühl, trotz Studium immer dümmer zu werden, denn alles Wissen und alle Problemlösungen konnten abgefragt werden, nur die Inhalte des Studiums wurden geprüft, konnten aber nach einem Testat getrost wieder vergessen werden, die KI stand ja bereit auszuhelfen. Susanne ging es ähnlich und sie beklagte sich über Gedächtnisausfälle. Auch bei den Freunden bemerkten sie ein Nachlassen geistiger Beweglichkeit. Alte Leute, mit denen sie zusammenkamen, schienen ihnen schon fast verblödet, unabhängig davon, dass eine echte Demenz weit verbreitet war. Georg und Susanne begannen sich unabhängig vom Netz abzufragen, um das Gedächtnis zu stärken. Bei den interaktiven Handlungen der Medien, denen sie sich selten widmeten, erprobten sie gemeinsam ihre geistige Beweglichkeit. Sie benutzten die Unterhaltungssendungen möglichst wenig, denn sie hatten beide Befürchtungen, bei häufigem Gebrauch dieser Unterhaltungsform zu sehr in diese imaginäre Welt hineingezogen zu werden.

Ohne Vorwarnung wurde erneut eine Hitzewelle angesagt. Einige Tage lang war der Aufenthalt im Freien fast unmöglich, bis in der Nacht des vierten Tages ein furchtbares Gewitter losbrach. Georg schien es, das gesamte Gebäude würde erzittern, ängstlich schmiegte sich Susanne an ihn. Schon während des Gewitters öffneten sich die Schleusen des Himmels, es war kaum noch Regen zu nennen, eine Wasserflut stürzte aus einem tiefdunklen Himmel. Auch am Tage wurde es kaum heller und die Fluten schienen nicht zu versiegen. Die beiden wollten das Ereignis von der Straße aus ansehen und fuhren nach unten, aber die Eingangstür war verschlossen und durch die Straße brausten Wasserströme. Der Regen dauerte eine Woche an, bis der Himmel aufklarte und die Sonne hindurchbrach. Am darauffolgenden Tag sahen die Straßen aus, als wäre nichts gewesen.

Georgs Studienzeit nahte sich ihrem Ende und es kam die Entscheidung, ob er dann durch eine berufliche Tätigkeit seinen Lebensunterhalt verdienen wollte oder ob sie gleich gemeinsam die Zivilisation verlassen wollten. Mit allem versorgt wurde er nur während des Studiums. Sie mussten nicht lange überlegen, der

Entschluss stand fest, aber die gewachsenen Bindungen an lieb gewordene Menschen machten den Absprung schwerer, als sie es sich vorgestellt hatten. Mit einem Fest wurde der Abschied besiegelt. Es kamen sehr viele Leute zusammen, vereint in dem Unverständnis, wie man den Überfluss mit der Armut tauschen könnte. Seltsamerweise machte sich niemand Gedanken darüber, woher dieser Überfluss kam. Alles war mechanisch und funktionierte so selbstverständlich. Es kannte auch niemand eine Person, die produktiv tätig war. Von dem Industrieviertel am östlichen Rande des Gebietes hatte wohl jeder gehört, doch die ausgefeilte Kreislaufwirtschaft, unabhängig von menschlicher Tätigkeit, hatte niemanden wirklich interessiert. Jedenfalls konnte keiner der Freunde diesen Schritt von Susanne und Georg verstehen. Als Abschiedsgeschenk hatte Franz ein kleines Lied komponiert, das zum Abschied im Chor vorgetragen wurde. Gegen Ende traten dann Susanne doch Tränen in die Augen.

Heimat

Geführt vom Netz gingen beide in getrennte Räume und wurden aufgefordert, sich völlig zu entkleiden. Auch der Kommunikator am Arm musste abgelegt werden. Susanne erhielt wollene Unterwäsche und ein Kleid aus grobem Leinen. Georg bekam die Kleidung, die er beim Eintreten angehabt hatte, gereinigt zurück. Dann glitt wieder ein Strahl eines Scanners von unten nach oben über sie hinweg und es öffnete sich die Tür. Sie traten gleichzeitig hinaus. Beiden war die Bestürzung ins Gesicht geschrieben. Das war keine erfrischende Natur, was sie sahen. Alles war verdorrt, es war kein grüner Halm, kein grünes Blatt an den Bäumen. Der Erdboden bestand aus dreckigem grauem Lehm. „Die Wetterkapriolen scheinen hier noch viel heftiger gewütet haben, das große Unwetter liegt doch schon Tage zurück", sagte Georg mit zitternder Stimme. „Die ersehnte Natur begrüßt uns von einer sehr unfreundlichen Seite, lassen wir uns nicht entmutigen." Er schloss Susanne in seine Arme und mit zögernden Schritten entfernten sie sich von der hohen Absperrungsmauer. Längs der Absperrung schienen reißende Wasser geflossen zu sein, denn Totholz und Gestrüpp waren aufgetürmt und Löcher waren in den Untergrund gespült, in denen noch Wasser stand. Georg erinnerte sich, wo die nächste Siedlung zu finden war. In dem schlüpfrigen Untergrund kamen sie nur mühsam voran und schon nach wenigen Metern waren ihre Beine bis zum Knie mit schlammiger Erde bedeckt. „Als ich herkam, waren hier Bäume und eingefriedete Weiden, kannst du dich noch erinnern, wie es hier aussah?", fragend forschte Georg nach Susannes Gemütszustand. Susanne war sprachlos vor Entsetzen. Sie stapften schweigend weiter. In der Ferne sahen sie das Dach eines Hauses oder das, was davon noch übriggeblieben war. Beim Näherkommen erkannten sie, dass kaum ein Haus unzerstört war. Sie wunderten sich, kaum Ausbesserungsarbeiten zu sehen, und merkten dann, dass einige Höfe verlassen waren.

Sie waren schon fast durch den Ort gekommen, da sahen sie, wie eine Frau in eines der Bauernhäuser verschwand. Sie gingen zum Eingang und riefen: „Hallo, wir brauchen Hilfe!" Es dauerte einige Minuten, da öffnete sich die Tür einen Spalt und die Frau schaute mit einem Beil in der Hand hinaus. Georg erklärte, sie seien auf dem Weg nach Rodenhütte, er sei der älteste Sohn von Kurt Polda. Die Frau legte das Beil beiseite und sagte, indem sie die Tür ganz öffnete: „Kommen Sie herein, aber ich kann Ihnen leider nichts anbieten, mir ist nichts geblieben. Was sich nicht die Flut geholt hat, wurde geplündert. Den Plünderern ist es nicht einmal zu verargen, wer Kinder hat, kann sie ja nicht verhungern lassen." Sie schob den Ankömmlingen Stühle hin und forderte sie zum Sitzen auf. Dann schilderte sie, wie die Hitze die Ernte vernichtet und der nahe Wald gebrannt hatte, der Brand auf die Höfe übergesprungen sei und anschließend die Fluten das Vieh ersäuft und den ausgetrockneten Boden weggespült hatten. „Uns ist ein Pferd geblieben, mit dem mein Mann versucht Hilfe in anderen Dörfern zu bekommen", erzählte sie. Susanne und Georg durften eines der unteren Zimmer von den Resten der Überschwemmung säubern und sich einen Schlafplatz einrichten. Am folgenden Tag ging Georg schauen, ob der Weg, der hinter dem Dorf durch den Wald führte, noch passierbar war, sprach mit einigen Leuten, die den Ort auch noch nicht verlassen hatten, und machte sich dabei Sorgen um seine Angehörigen in Rodenhütte. Wie schwer das Unwetter die anderen Orte getroffen hatte, konnte ihm keiner sagen. Von dem Wald waren Teile heruntergebrannt, er musste aber passierbar sein. Danach besprach er sich mit Susanne, ob sie weitergehen oder aber auf die Rückkehr des Hausherrn warten sollten, der Kunde von den anderen Dörfern bringen konnte. Sie kamen zu dem Schluss, dass Warten ohne Nahrung ihre Situation nur verschlimmern konnte und es besser wäre am folgenden Morgen weiterzugehen. Es kam aber anders, kaum war es hell geworden, kam ein Wagen, von zwei Pferden gezogen, ein Pferd war hinten am Wagen angebunden. Georg schaute ihnen entgegen. Als er die Fuhrleute erkennen konnte, stieß er vor Freude einen

Jubelschrei aus, es war der Hausherr mit seinem Vater, die gemeinsam auf dem Kutschbock saßen, und hinten auf dem Wagen hockten noch mehrere Männer. Georg stürmte dem Wagen entgegen. Als Kurt sah, wer ihm dort entgegenkam, saß er vor Freude einen Moment wie erstarrt auf dem Kutschbock, er musste sich erst einmal zurechtfinden. Seinen Sohn hier zu sehen, erschien ihm mehr als ein Wunder. Dann sprang er mit einem Satz herunter in die Arme seines Sohnes. Danach gab es zunächst viele Fragen. Der Wagen war mit Vorräten für den gesamten Ort beladen. Kurt konnte berichten, die Hitze hätte daheim auch alles verdorrt, aber durch die erhöhte Lage von Rodenhütte wären die Fluten am Ort vorbeigebraust. Das Vieh hätte alles überstanden und der Familie gehe es gut. Noch wäre Futter vorhanden und man werde die Missernte schon überstehen. Georg dürstete nach Neuigkeiten von daheim, und was nicht unwichtig war, es gab endlich etwas zu essen.

Susanne hatte sich im Hintergrund gehalten, nun da Essbares gereicht wurde, holte Georg sie gleich und schob sie vor seinen Vater. „Pa, das ist Susanne, meine geliebte Lebensgefährtin." Kurt war nun zum zweiten Male an diesem Tag sehr erstaunt. Er legte seine Hände auf die Schultern der jungen Frau, schaute sie lange an und dann zog er sie lächelnd an seine Brust. „Wenn du mit meinem Sohn gekommen bist, sei mir willkommen wie eine Tochter. Nenne mich einfach Kurt." Die mitgekommenen Männer, die beim Wiederaufbau des Ortes helfen wollten, hatten schon das Material und die Vorräte vom Wagen geladen und Kurt drängte zum Aufbruch. Der Weg zurück war beschwerlich und die Familie sollte so schnell wie möglich die Freude teilen. Sie setzten sich zu dritt auf den Kutschbock, Georg berichtete begeistert von den unglaublichen Erlebnissen in der anderen Welt und Kurt hörte beglückt zu. Sie fuhren im schönsten Sonnenschein durch verdorrtes Land. Kurt befuhr einen Weg, den sie am Vortag passierbar gemacht hatten. Als sie dann den Weg nicht mehr bei Tageslicht schafften, verbrachten sie die Nacht auf dem Wagen, um in dem ersten Morgenlicht den Rest des Weges in Angriff zu nehmen. Nun waren abgesehen von einigen schwierigen Stellen keine größeren Probleme mehr zu lösen und sie kamen gut voran. Kurt ließ sich von Susannes Kindheit erzählen und konnte sich sogar erinnern, eine Sense von einem fahrenden Händler gegen einen Schweineschinken und zwei Würste getauscht zu haben, der mit einem kleinen Mädchen unterwegs war. Ella hatte dem Kind eine Honigmilch gemacht. Aber daran konnte sich Susanne nicht erinnern. Als endlich die ersten Häuser von Rodenhütte in der Ferne auftauchten, klopfte Georgs Herz bis zum Hals. Sie bogen zum Hof ein und Ella stand vor der Tür des Hauses. Georg sprang ab und stürzte in die Arme seiner Mutter. Mit Jubelschreien kamen die Mädchen herausgesprungen und schmiegten sich an Georg. Ella stand stumm und hielt Georg fest umschlungen. Es ist wohl so, in den größten Glücksmomenten fangen schweigsame Männer an zu reden und die sonst redseligen Frauen verstummen vor Glück. Kurt und Susanne standen wartend daneben.

Dann meinte Kurt lachend zu seiner Frau gewendet: „Willst du deine Schwiegertochter nicht auch begrüßen?" Ella schreckte auf und richtete ihre tränenden Augen zu der jungen Frau, dann schob sie Georg und ihre beiden Töchter zur Seite und schloss Susanne in ihre Arme. „Willkommen", sagte sie unter Schluchzen. Nun kamen auch Georgs Großeltern in den Hof, um die Ankommenden zu begrüßen. Die beiden Mädchen belagerten ihren Bruder mit Fragen, die er kaum so schnell beantworten konnte, wie sie gestellt wurden, und zogen ihn in das Haus, die anderen folgten. Ella und Kati gingen in die Küche, um alle zu bewirten. Georg sagte: „Wir haben uns wohl in ungünstiger Zeit entschlossen zurückzukehren, nun habt ihr noch zwei hungrige Mäuler mehr zu stopfen." „Darüber mach dir man keine Gedanken", sagte Kurt, „Wir haben gut vorgesorgt, es ist nicht die erste Wetterkatastrophe, die wir überstehen mussten. Vor acht Jahren war es genauso schlimm. Es ist so, der Regen kam ja genau zur rechten Zeit, als der Waldbrand um sich griff. Das größte Problem sind unsere

Hunde, sie fressen zu viel, aber die brauchen wir, weil sich menschliches Raubzeug herumtreibt, die sind schlimmer als Bär und Wolf. Waldfurt, wo wir uns getroffen haben, wurde ausgeraubt, deshalb müssen wir dort helfen. Um Frischfleisch für die Hunde zu besorgen, werde ich jagen gehen müssen, im Gebirge ist die Natur meist noch in Ordnung. Und wenn ich dann fort bin, kann ich froh sein, dass ihr daheim seid." Währenddessen hatten die beiden Frauen eine kleine Mahlzeit vorbereitet. Georg staunte, wie sehr sich seine ältere Schwester in der Zeit seiner Abwesenheit zu einer Frau entwickelt hatte. Ella fragte Susanne, ob sie das Landleben kenne. Susanne berichtete ihr von ihrer Kindheit und dass sie in der Stadt Arzthelferin gelernt hätte. Sie erzählte auch, Georg hätte ihr gesagt, dass seine Mutter Hebamme sei und dass sie selbst diesen schönen Beruf auch gern erlernen möchte. Ella sagte: „Meine alte Lehrerin lebt noch, vielleicht kannst du bei ihr noch etwas lernen und auch ich bin gern bereit, dich zu unterweisen." Es wurde noch ein langer Abend, denn zur

Feier des Tages wurden die kostbaren Kerzen angezündet. Später bestanden Kurt und Ella darauf, dass Georg mit Susanne in ihrem Schlafzimmer übernachten sollten, bis ihnen ein Zimmer eingerichtet sei.

Am Morgen war Georg früh aufgestanden, es drängte ihn sich auf dem Hof umzuschauen. Im Stall wurde er stürmisch von den beiden Hunden begrüßt, aber als er die Begrüßung hinter sich hatte, sah er, dass nur noch drei Schafe vorhanden waren. Kurt war ebenfalls früh aufgestanden, hatte seinen Sohn in den Stall gehen hören und war nun auch in den Stall gekommen. „Guten Morgen mein Sohn, nur keine Angst, es werden schon wieder mehr werden, vorläufig müssen wir Futter sparen. Ich wollte die beiden Kühe behalten, das Kalb und die Schweine haben wir geschlachtet. Ein Pferd wird wohl auch noch dran glauben müssen. Komm mit ins Haus, wir machen Frühstück und verwöhnen die Frauen." Es dauerte nicht lange, da saß die ganze Familie am Kaffeetisch und man sah es allen Gesichtern an, wie sehr sie das genossen. Später ließ sich Susanne von den beiden

Mädchen im Haus herumführen, Gabi war besonders bemüht, Susanne in den Haushalt einzuweisen und ihr zu zeigen, wie perfekt sie sich auf die Haushaltsführung vorbereitet hatte. Als Kati einmal nicht im Zimmer war, flüsterte sie Susanne zu, sie wäre schon heimlich mit dem Sohn des Müllers verlobt, und wenn die Eltern das erlaubten, würden sie bald heiraten. Georg war unterdessen zur Mühle geritten, wo er sehr herzlich von der Familie des Müllers begrüßt und über sein Erleben in der Stadt ausgefragt wurde. Georg erzählte, dort seien die Möglichkeiten unermesslich, es wäre wirklich ein Schlaraffenland, aber er hätte sich leer gefühlt, ihm sei das Leben dort sinnlos vorgekommen. Paul war begeistert, als ihm Georg erzählte, er hätte die Frau fürs Leben gefunden und sie würden auf dem Lande bleiben. Paul sagte, der Stellmacher sei gestorben, der Sohn sei fortgegangen und den beiden Frauen auf dem Hof würde die Arbeit zu schwer, vielleicht könnte Georg einen Teil der Landwirtschaft übernehmen, dann würden sie Nachbarn. Paul erzählte auch, seine Brüder, die beiden Zwillinge, steigerten sich mehr und mehr hinein, auch in die Stadt zu gehen, und er bat Georg, mit ihnen zu reden und sie vor den Konsequenzen zu warnen. Paul zeigte Georg auch die Schäden an der Mühle, die durch den überfluteten Mühlengraben entstanden waren, und erzählte, dass sie schon das Schlimmste beseitigt hätten, aber wohl noch einige Tage damit beschäftigt wären. Dann zeigte er Georg den Baubeginn eines Hauses und erklärte, wenn es fertig sei, würde er dort mit Gabi einziehen. Als Georg einwendete, Gabi wäre doch wohl noch zu jung, lachte Paul und beteuerte, Gabi wäre schon weiter, als Georg dächte, und wisse genau, was sie wolle. Als sich Georg wieder verabschiedete, musste er versprechen, recht bald mit seiner Frau vorbeizukommen. Am Abend erzählte Georg seinem Vater, was Paul über die Stellmacherei erzählt hatte. Kurt schüttelte den Kopf. „Junge, ich brauche dich hier und die Stellmacherin wird wieder heiraten, sie ist doch noch ganz gut beieinander. Wir werden anbauen, unsere landwirtschaftlichen Flächen sind groß genug, schon bald musst du meinen Platz einnehmen, die Arbeit wird mir jetzt schon zu viel. Ich hatte schon befürchtet es müsste ein Fremder einheiraten, wenn Kati so weit ist. Ich weiß auch, dass Gabi bald aus dem Haus gehen wird. Deine Susanne wird eine gute Stütze für Ella werden. Ich bin sehr dankbar, wie es gekommen ist."

Ein milder Winter ging vorüber, die Natur begann, sich wieder zu begrünen. Kurt und Georg hatten Holz für einen Anbau beschafft, begannen aber erst die Landwirtschaft vorzubereiten. Es war ihnen gelungen beide Pferde durch den Winter zu bringen und sie konnten nun getrennte Aufgaben angehen. Susanne war eifrig dabei sich alle Fertigkeiten einer Hebamme anzueignen. Im Sommer, wenn wieder Kräuter gewachsen waren, wollte Ella sie in die Heilpflanzenkunde einweisen. Es wäre das perfekte Glück gewesen, wenn sich nicht manchmal eine Traurigkeit eingeschlichen hätte. Oft sprach Susanne mit Georg davon, dass sie im Alter den Hof nicht ihren Kindern übergeben könnten. Umso stärker bemühte sich Susanne um die Neugeborenen im Umkreis.

Weitere Bücher von Karl-Heinz Haselmeyer

Elitefrauen

Der Roman befasst sich mit dem Phänomen der Zeit verpackt in eine spannende Geschichte. Ein Team von Astronautinnen bricht zu einer Reise ins Universum auf, bei der laut Plan erst die nächste Generation die Erde wieder erreichen kann. Unerklärliche Zeitphänomene ändern alle Reisepläne. Als das ursprüngliche Frauenteam, kaum gealtert, wieder zur Erde zurückkehrt, sind Jahrhunderte vergangen und die Menschheit befindet sich durch technische Verselbstständigung im Niedergang. Durch den Einsatz der Frauen können die Gefahren, die der Menschheit drohen, abgewendet werden. (Amazon Deutschland, 2017)

Das Fenster zur Evolution

Abenteuer in einer unberührten Natur. Nach einer Umweltkatastrophe existieren die Überlebenden in isolierten Städten und werden kybernetisch mental reguliert. Die Umwelt ist für Menschen tabu. Zur Vorbereitung einer Raumfahrt wird eine Versuchsperson ungeregelt in die Tabuzone gesandt, macht Erfahrungen mit der für ihn neuen Selbstständigkeit und erlebt die von Menschen verschonte Natur. Er muss sich mit wilden Tieren und den Naturgewalten auseinandersetzen und lernt andere Lebensformen sowie Affen kennen, dich sich unabhängig von den Menschen weiterentwickelt haben. (Amazon Deutschland, 2017)

Uropageschichten

Der Urgroßvater erzählt seinen Enkeln von seiner Kindheit und Jugend in der Kriegs- und Nachkriegszeit in Göttingen. Ein warmherziges Jugendbuch, das auch für Erwachsene interessant ist.(Amazon Deutschland, 2017)

Symbiose

In der Gesellschaft nimmt die Tendenz zur Selbstoptimierung zu. Was hat das für Auswirkungen auf die Persönlichkeit und die menschlichen Beziehungen, wenn ein Mensch durch die Symbiose mit technischen Objekten eine enorme Gedächtniskapazität und eine hervorragende Denkfähigkeit bekommt? In diesem Science Fiction setzt sich Karl-Heinz Haselmeyer kritisch mit den wachsenden Möglichkeiten der Medizin auseinander. (Amazon Deutschland, 2018)

Terroristen

Was wäre, wenn es einer Terrororganisation gelänge, die Herrschaft über den Erdball zu erringen? Könnte man dann dem Ideal der Gewaltlosigkeit treu bleiben oder wäre es nicht Pflicht, sich mit allen Mitteln zu wehren?

Ein junger Gotteskrieger bereist die Erde auf der Suche nach Naturschönheiten und kommt dabei mit den unterdrückten Menschen in Berührung. Er verliebt sich in eine Wildhüterin im Yellowstone Park. Als er erfährt, dass der Beherrscher der Erde eine vernichtende Eruption im Park auslösen und damit wohl alle Bewohner des gesamten Kontinents vernichten will, kämpft er gemeinsam mit den Bewohnern für ihre Rettung auch um den Preis der eigenen Vernichtung.(Amazon Deutschland, 2018)

Der verbotene Planet

Expeditionen zu einem erdähnlichen Planeten scheiterten unter seltsamen Umständen und endeten in einer Katastrophe. Der Planet wurde unter Quarantäne gestellt und jegliche Landung verboten. Die Besatzung eines havarierten Raumschiffes muss auf diesem Planeten notlanden. Die Überlebenden werden von einem Raumkreuzer gerettet. Das Rettungsraumschiff gerät anschließend insbesondere durch eine mysteriöse Krankheit in Schwierigkeiten. Unter großen Verlusten kann das Geheimnis des verbotenen Planeten geklärt werden.(Amazon Deutschland, 2019)

Interaktiv

Ein Fachmann der „Künstlichen Intelligenz" schildert den Versuch, der Leistung des menschlichen Gehirns nahe zu kommen, und erzählt von den damit verbundenen Problemen. Im Zwiegespräch mit der geschaffenen Apparatur werden wissenschaftliche Themen aus der Teilchenphysik und der Kosmologie sowie zivilisatorische Entwicklungen angesprochen. In kurzer Zeit ist der Rechner seinen Schöpfern überlegen, kann von ihnen nicht mehr kontrolliert werden und geht eigene Wege, was seinen Betreuer in große Schwierigkeiten bringt. (Amazon Deutschland, 2019)

Eisige Höhen

Bei einer unheimlichen Begegnung wird ein normaler Bürger durch Drogen aus seinem einfachen Leben gerissen. Er wird ein gefühlloser Karrierist, dem ein schneller Aufstieg in der politischen Gesellschaft vorgezeichnet ist. Zu spät merkt er, dass er ein machtloses Werkzeug in den Händen einer Verschwörung ist. Vorsichtig versucht er sich daraus zu befreien. Als die Verschwörung aufgedeckt wird, gilt er zunächst als Hauptverdächtiger, wird aber teilweise rehabilitiert. Was bleibt, sind Scham und Sehnsucht nach seinem einfachen Leben.(Amazon Deutschland, 2020)

Homunkulus

Die alte Geschichte des synthetischen Menschen wird unter modernen Aspekten aufbereitet. Im Vordergrund stehen die Fragen: Was ist Leben und wie ist ein Bewusstsein mit der Erkenntnis und der Intelligenz verknüpft, aber auch, welchen Platz haben Gefühle in diesem Zusammenhang? Fragen, die sich bei weiterem Fortschritt der IT-Forschung wohl einmal stellen könnten. Das geschaffene technische Wesen ist nach kurzer

Entwicklungszeit seinen Schöpfern intellektuell überlegen und entgegen allen Erwartungen entsteht eine wechselseitige enge gefühlsmäßige Bindung.(Amazon Deutschland, 2020)

Genderfrei

Nur wenige Menschen konnten einer irdischen Katastrophe entfliehen und leben in einer Höhle hundert Meter unter der Mondoberfläche. Sie suchen einen Neuanfang, ohne in die verhängnisvollen Fehler der Vergangenheit zurückzufallen, die fast zur Vernichtung der Menschheit geführt hatten. Da Sprache das Bewusstsein formt, sollen alle Diskriminierungen im Sprachgebrauch abgeschafft werden. In genderfreier Sprache werden die Nöte und Zwänge der Überlebenden geschildert, denen nur ein Ausweg bleibt, sie müssen versuchen die zerstörte Erde neu zu besiedeln.(Amazon Deutschland, 2020)

Habilitation

In Form einer wissenschaftlichen Habilitationsarbeit wird geschildert, wie nach einer Klimakatastrophe die Manipulationen an der Keimbahn von Menschen mit dem Ziel einer höheren Hitzetoleranz zu einer neuen Spezies führten. Die gezüchteten Thermophilen vermehrten sich stark und es entstanden Probleme des Zusammenlebens. Nach Versuchen, die Venusatmosphäre zu reinigen und die Temperatur dort zu senken, wurden die Thermophilen ausgesiedelt.(Amazon Deutschland, 2021)

Kontakt

Auf der Suche nach außerirdischem Leben stoßen Wissenschaftler auf Signale, die sich von natürlichen abgrenzen lassen. Versuche, diese Signale zu entschlüsseln, scheitern. Ähnlichkeiten mit dem genetischen Code bringen Forscher dazu, die Signale biochemisch in Materie zu überführen. Diese Versuche münden in eine Katastrophe und müssen gewaltsam beendet werden.(Amazon Deutschland, 2021)

Thomas

Die Innen- und Außenwelt eines kritischen Realisten wird gespiegelt in einem Zeitraum von achtzig Jahren. Das Symbol der geistigen Auseinandersetzung ist der „ungläubige Thomas". Zeitgeschehen, Geschichte und Reflexionen wechseln in bunter Folge. Eine sehr persönliche Geschichte. (Amazon Deutschland, 2021)

Bildet Sprache Bewusstsein?

Die künstliche Nachbildung eines neuronalen Cortex ist ein Quantensprung in der digitalen Datenverarbeitung. Damit taucht die Frage auf: kann sich in einem elektronischen Schaltkreis Bewusstsein entwickeln? Eine Arbeitsgruppe in dem Forschungszentrum geht dieser Frage nach. Der Satz: Sprache prägt das Bewusstsein erweist sich als eine falsche Fährte.(Amazon Deutschland, 2021)

Geschenkte Gedanken

Ein Studium an einer Eliteuniversität in den USA und ein Großvater, der die weltanschaulichen Gespräche mit seinem Enkel vermisst und ihm seine Gedanken per E-Mail weiterhin mitteilt. Der Student aus Deutschland findet die Frau seines Lebens und einen guten Freund, aber mit seinem Großvater bleibt er auch in der Ferne eng verbunden. (Amazon Deutschland, 2021)

Gier

Ein von Gier getriebener erfolgreicher Geschäftsmann schildert auf dem Krankenbett seinen Aufstieg und seinen selbstverschuldeten Absturz. Selbst seine schlimmen Erfahrungen können nicht verhindern, dass er später wieder den Verlockungen der Gier erliegt.(Amazon Deutschland, 2021)

Nachwelt

Es ist nicht gelungen die Biosphäre zu stabilisieren, die Menschen mussten sich als letzten Ausweg aus der Natur zurückziehen. In ihrem selbst erwählten Ghetto verlieren sie sich immer mehr in eine imaginäre Traumwelt. Ein junges Paar möchte sich dieser Entwicklung entziehen und bricht auf in eine menschenleere geschädigte Welt. (Books on Demand Norderstedt 2022)

Der Traum von der Zelle

Ein Blick in die nahe Zukunft, in der die emissionsfreie Energieproduktion die Umweltprobleme nicht nachhaltig beheben konnte. Viele Menschen verlieren ihre Lebensgrundlage und strömen in Gebiete, die noch nicht so stark betroffen waren. Dadurch entstehen gefährliche gesellschaftliche Entwicklungen. Ein Wissenschaftler entwickelt eine Methode, um das Schmerzempfinden abzuschalten. Als er sieht, dass seine Erfindung missbraucht werden kann, versucht er auf die Gefahren hinzuweisen, In seinen Vorlesungen erregt er Aufsehen und Widerspruch. (Books on Demand Norderstedt 2022)

Grenze der Vollkommenheit

Durch einen Kontakt mit einer interstellaren Intelligenz gerät für einen großen Teil der Menschheit das Leben in andere Bahnen. Begriffe wie Persönlichkeit, Intelligenz und Subjektivität müssen neu definiert werden. Mit einem zweiten Kontakt einer unbekannten Existenzform wird alles bisherige Leben in Frage gestellt. (Books on Demand Norderstedt 2022)

Bunkerleben

Vor einem Angriff mit atomaren Waffen können nur wenige Menschen in sicheren Bunkern Schutz suchen.

Ist in einem Bunker ein Überleben möglich oder ist der Aufenthalt tief in der Erde nur ein verlängertes Sterben? Scheinbar in Sicherheit, zeigt sich, wie sehr der Mensch mit seiner Umwelt verbunden ist.

Im Bunker entstehen menschliche Interaktionen, Menschen sind sehr adaptionsfähig, Isolation und Platzmangel können den Überlebenswillen nicht brechen. Aber die Nahrungsvorräte und künstlich erzeugten Nahrungsergänzungsstoffe reichen nicht aus. Es bleibt nur im Bunker zu verhungern oder ihn zu verlassen. (Books on Demand Norderstedt 2022)

Der Bärentöter

Eine bäuerliche Sippe der Eisenzeit war mit der Geschichte ihrer Vorfahren eng verbunden. In den Erzählungen der Ältesten führten sie ihre Herkunft auf einen steinzeitlichen Jäger zurück und erzählten von Jagden auf Tiere der Frühzeit wie Mammut und Höhlenbär, die längst ausgestorben waren. Ein spannendes Buch, das auch für Jugendliche interessant ist. (Books on Demand, Norderstedt 2022)

Der Hausmeister

Die Erderwärmung hat bei steigendem Meeresspiegeln zu großen Landverlusten geführt, und da außerdem in anderen Zonen durch ausbleibenden Regen fruchtbare Böden in Wüsten verwandelt wurden, ist weltweit die Nahrungsmittelproduktion eingebrochen. Große Teile der Weltbevölkerung mussten ihre Wohngebiete aufgeben und hungern. In dieser Notsituation haben radikale nationalistische Tendenzen in den noch bewohnbaren Gebieten starken Auftrieb erhalten und sich zu militanten Gruppen zusammengeschlossen. Neben den bedrohten Lebensbedingungen der Menschheit geraten auch die demokratischen Freiheiten der Menschen durch Terror und Angst in Bedrängnis. Ein junger Journalist, der sich für die Demokratie einsetzt, gerät in den gefährlichen Fokus der Nationalisten. (Books on Demand Norderstedt 2023)

Der Flug der Eule

Gedanken zwischen Erinnerung und aktuellen Ereignissen. Kann das helfen sich dem Unbegreiflichen anzunähern? Im Vergangenen sollte der Samen für Zukünftiges zu finden sein. Was bleibt, ist Ratlosigkeit. (Books on Demand Norderstedt 2023)

© 2023 Karl-Heinz Haselmeyer
Herstellung und Verlag: BoD – Books on Demand,
Norderstedt
ISBN: 9783757816308